Conte

la margu

par Béatrice Appia

PERE CASTOR • FLAMMARION

© Flammarion 1959. Imprimé en France
ISBN : 978-2-0816-0241-0
ISSN : 1768-2061

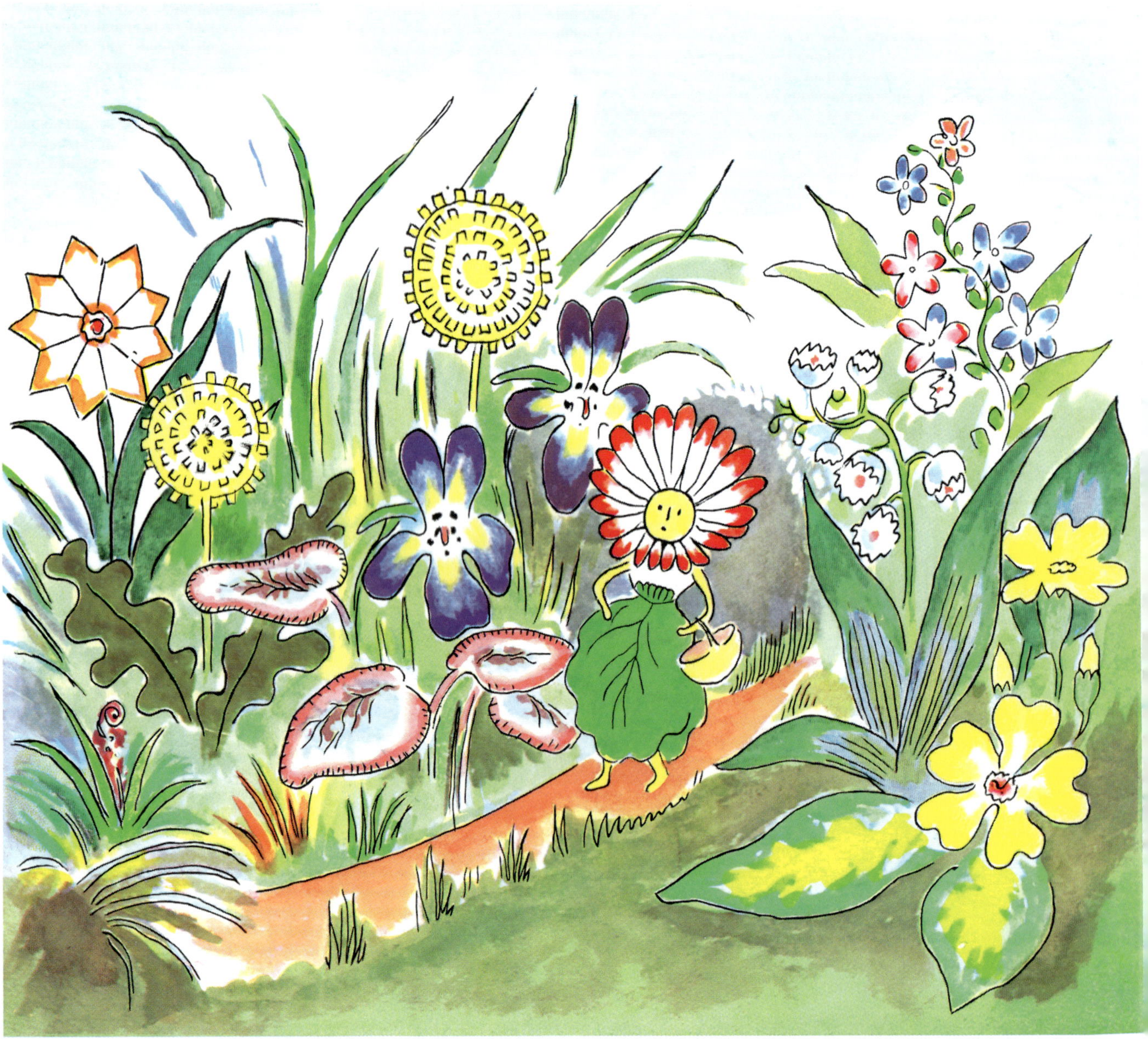

La Marguerite mit sa clé sous son paillasson et se dirigea vers le bout du champ.

Toutes les fleurs de la prairie lui crièrent à la fois :
— Marguerite, où vas-tu ?

Le vieux merle qui chantait sur le pommier, se pencha en lui sifflant :
— Où vas-tu ?

Et le pierrot,
la mésange, la tourterelle répétèrent en chœur :
— Où vas-tu ?

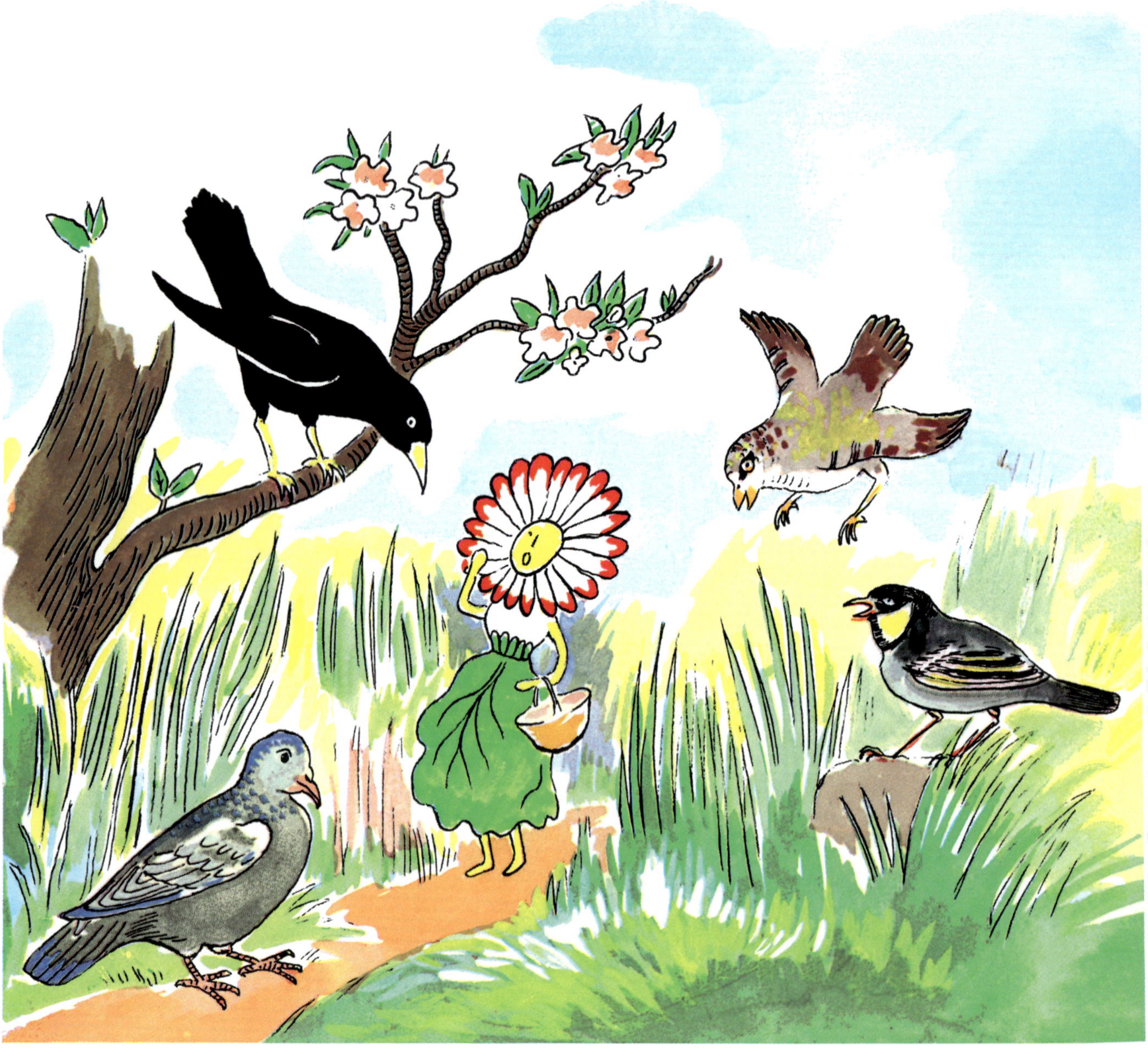

Au pré fleuri,
à tous les arbres habités,
la Marguerite répondit :

— Je veux savoir ce qu'est devenu le petit mouton qui m'a brouté deux feuilles.

Elle se mit à marcher sans plus regarder personne.

Oiseaux et fleurs crièrent encore :
— Marguerite, tu es folle !

Mais elle ne les entendait pas.

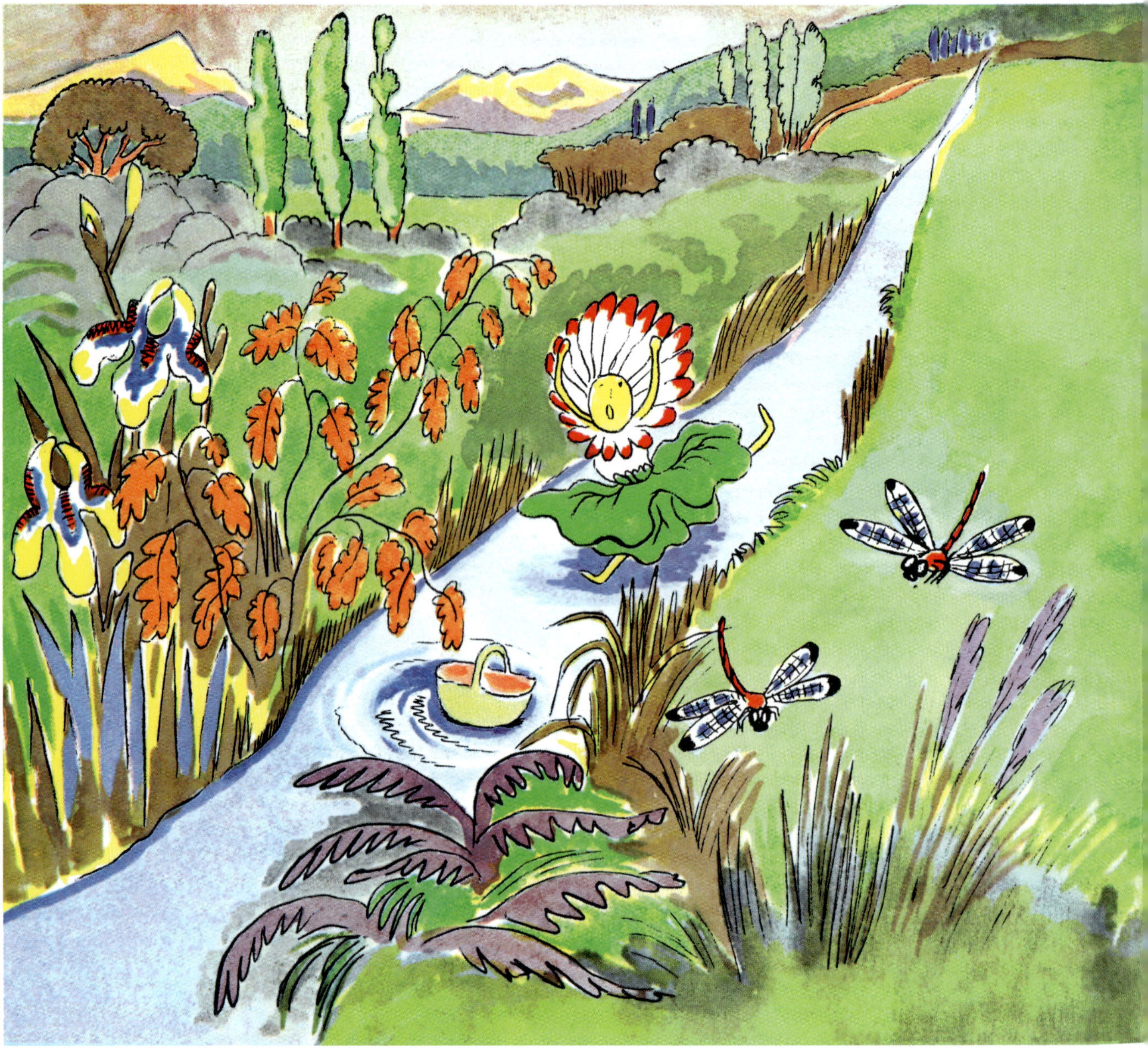

Au bord du champ,
Gloudouglou le ruisseau lui barra le chemin.

— Hé ! Gloudouglou, veux-tu me laisser passer ?

Gloudouglou était trop occupé pour l'entendre. Il courait de toutes ses forces à travers prés pour tomber en cascade sur la roue grincheuse du vieux moulin.

La Marguerite perdit l'équilibre,
tomba et fut entraînée vers la chute d'eau
dont le bruit l'effrayait.

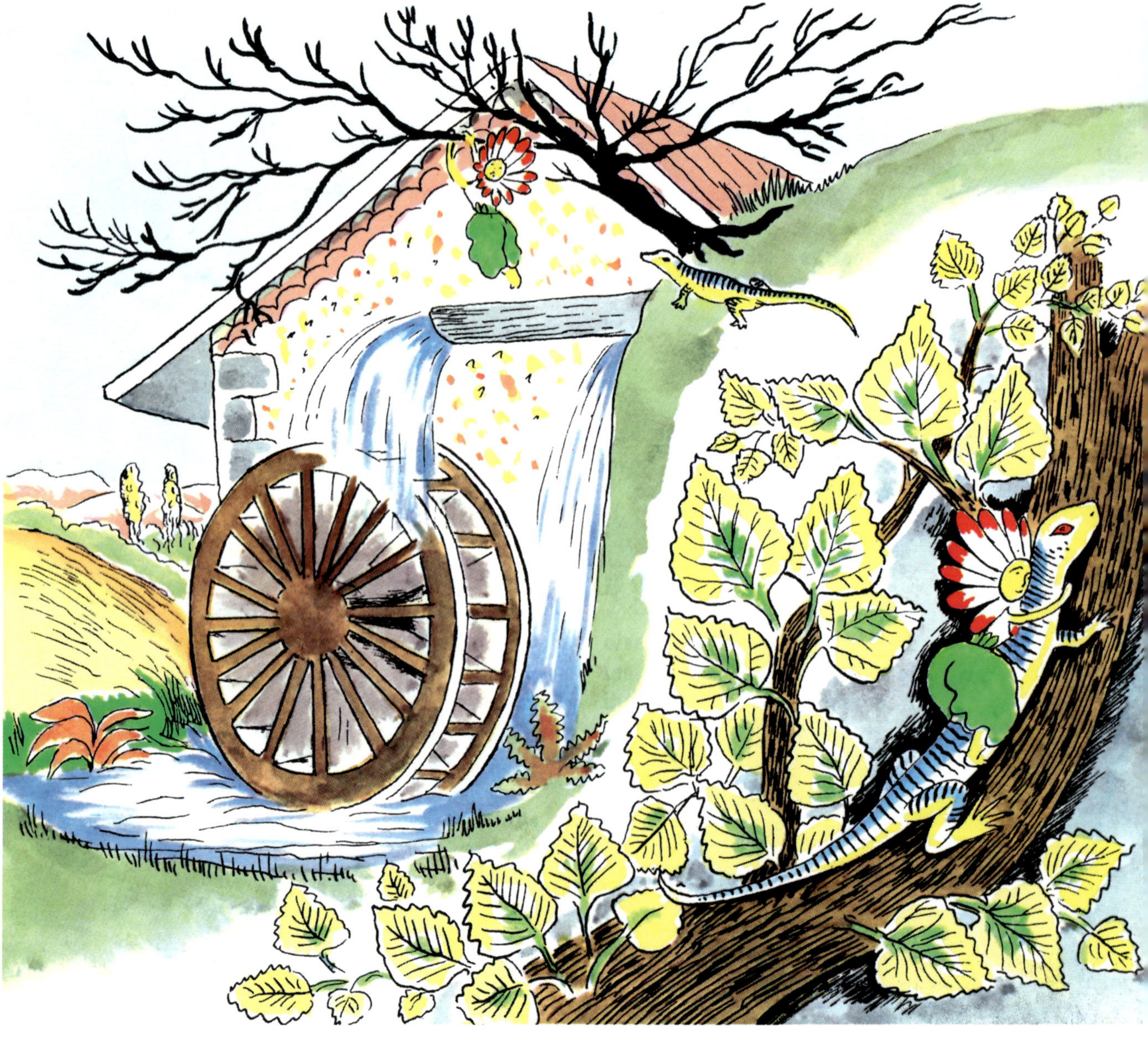

La voyant dans cette position dangereuse, le lézard du moulin cria :

— Accrochez-vous à n'importe quoi !

Et il l'aida à se tirer de là.

Pendant que la pauvrette se séchait, son nouvel ami lui proposa de la conduire chez Père Ducorbeau, un vénérable savant qui donnait des conseils merveilleux et nichait au sommet d'un peuplier.

La Marguerite avait le vertige.

Père Ducorbeau n'entendait que d'une oreille et fort mal. L'autre s'était bouchée à force de dormir dessus depuis tantôt cent sept ans. Mais il avait un cornet acoustique et, quand on criait bien fort, il finissait par comprendre.

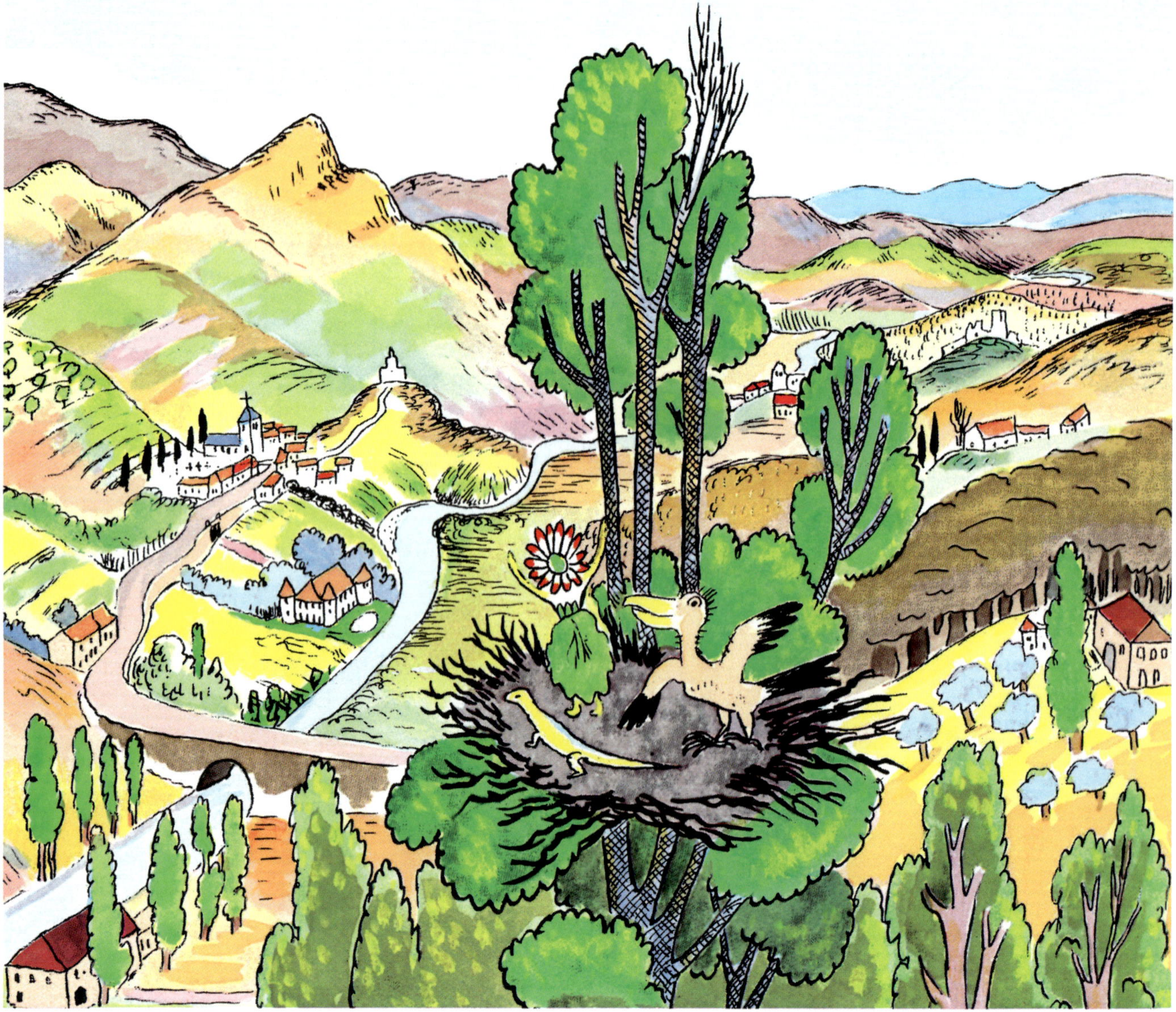

— Père Ducorbeau, qu'est devenu le petit mouton qui m'a brouté deux feuilles ?

Le vieux savant ne saisit pas tout de suite la question ; il répéta longtemps :

— Mouton... deux feuilles...

Puis, après une profonde méditation, il dit :

— Je pense qu'il est devenu grand !

— Ah ! répliqua la Marguerite, mais où est-il ? Je voudrais tant le voir !

— Il est dans sa chemise de laine !...

Et c'est tout ce que Lézard et Marguerite en purent tirer. Père Ducorbeau leur avait tourné le dos et jouait des castagnettes avec son gros bec crochu et tout sec.

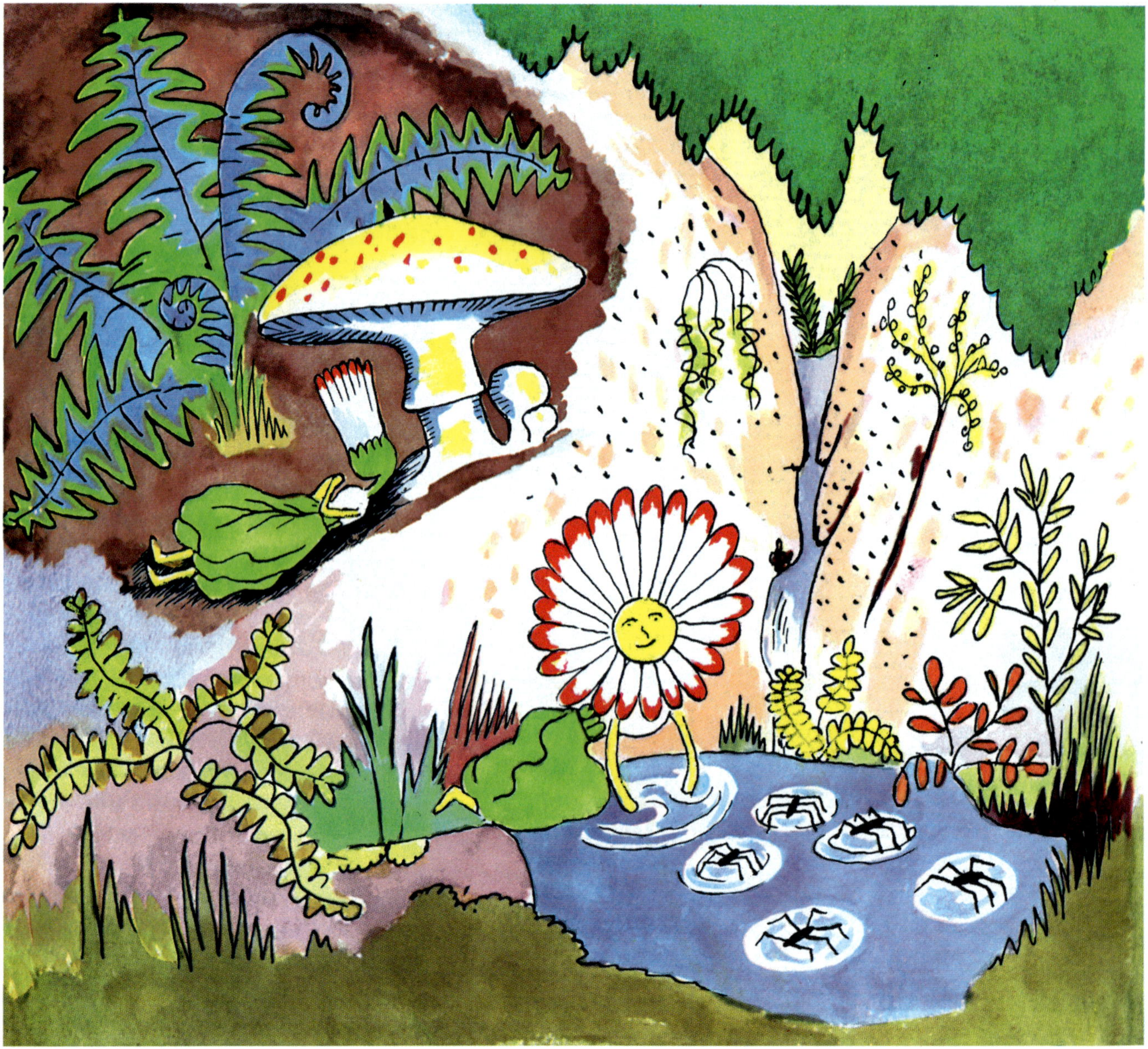

Ils descendirent de leur perchoir. La pauvre petite, tout étourdie, s'endormit sous un champignon, et Lézard retourna à son moulin. A son réveil, Marguerite fit sa toilette sous un rocher d'où s'échappait une source claire, ornée de cresson et de fougères. Elle but de bonnes gorgées d'eau fraîche, et se remit en route.

Chemin faisant, elle rencontra une grosse bête assise à l'ombre d'un arbre.

— Hé ! là ! est-ce vous, le mouton qui m'a brouté deux feuilles ? Vous avez bien grandi !

— Ah ! ah ! ah ! Un mouton ! Un mouton ! Voyez-vous cette Marguerite qui prend un bœuf pour un mouton ! Même s'il est devenu grand, ton petit mouton, il est encore dix fois moins gros que moi ! Mais, voilà, a-t-il eu le temps de devenir grand ? Je crains bien que tu ne le retrouves jamais.

— Que voulez-vous dire ?

— Ils sont partis pour la montagne, lui et ses frères... A moins, soupira le bœuf, qu'ils ne soient partis chez le boucher...

— Et pourquoi faire ?

— Grande niaise ! Tu ne sais donc pas qu'ils seront mangés par les hommes ?

— Mangés ? Mais il faut les prévenir. Il faut les sauver ! J'y vais ! J'y cours ! Adieu !

C'est qu'elle l'aimait, son mouton ! Quand il lui avait brouté deux feuilles, il était si petit, tout blanc, encore tremblant sur ses pattes et bêlant après sa mère. Et pour l'encourager à brouter de l'herbe, la Marguerite lui avait offert ses deux feuilles...

La Marguerite se dirigea vers l'étable. Une araignée pendue à sa toile, la rassura :

— Ils ne sont pas allés chez le boucher, ils sont partis pour la montagne, c'est la saison. Vois-tu, c'est par ici !..

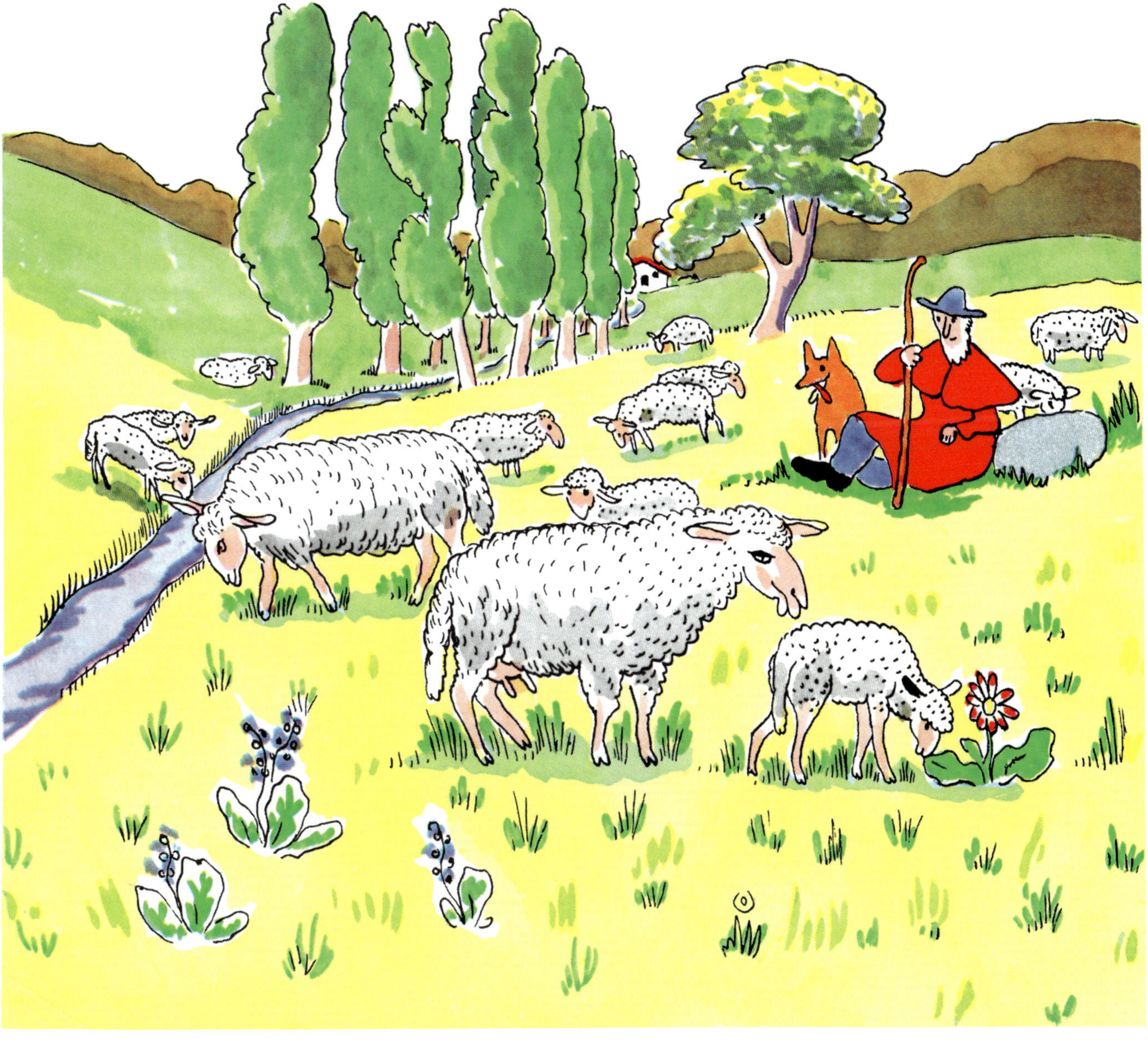

Marguerite se mit vaillamment en route. Quelle fatigue de monter par ces chemins pierreux! Que de cailloux, d'épines, sans parler du sol brûlant qui lui rôtissait les pieds! La pauvrette avait soif et ne reconnaissait plus rien qui lui fût familier.

Elle se sentait une étrangère. Le parfum de fleurs inconnues lui donnait mal à la tête. On la regardait, car personne, dans ce coin de montagne, n'avait vu marcher une marguerite.

— Où est mon mouton? Par où sont-ils passés? demandait-elle à chaque pas.

— Suivez les petits crottins, lui répondait-on.

Un bourdon voulut même l'embrasser, sous prétexte qu'elle avait de grosses bonnes joues.

Comme c'était haut une montagne! Parfois, un petit bruit annonçait une source et la Marguerite y courait étancher sa soif, s'y reposer, puis elle repartait.

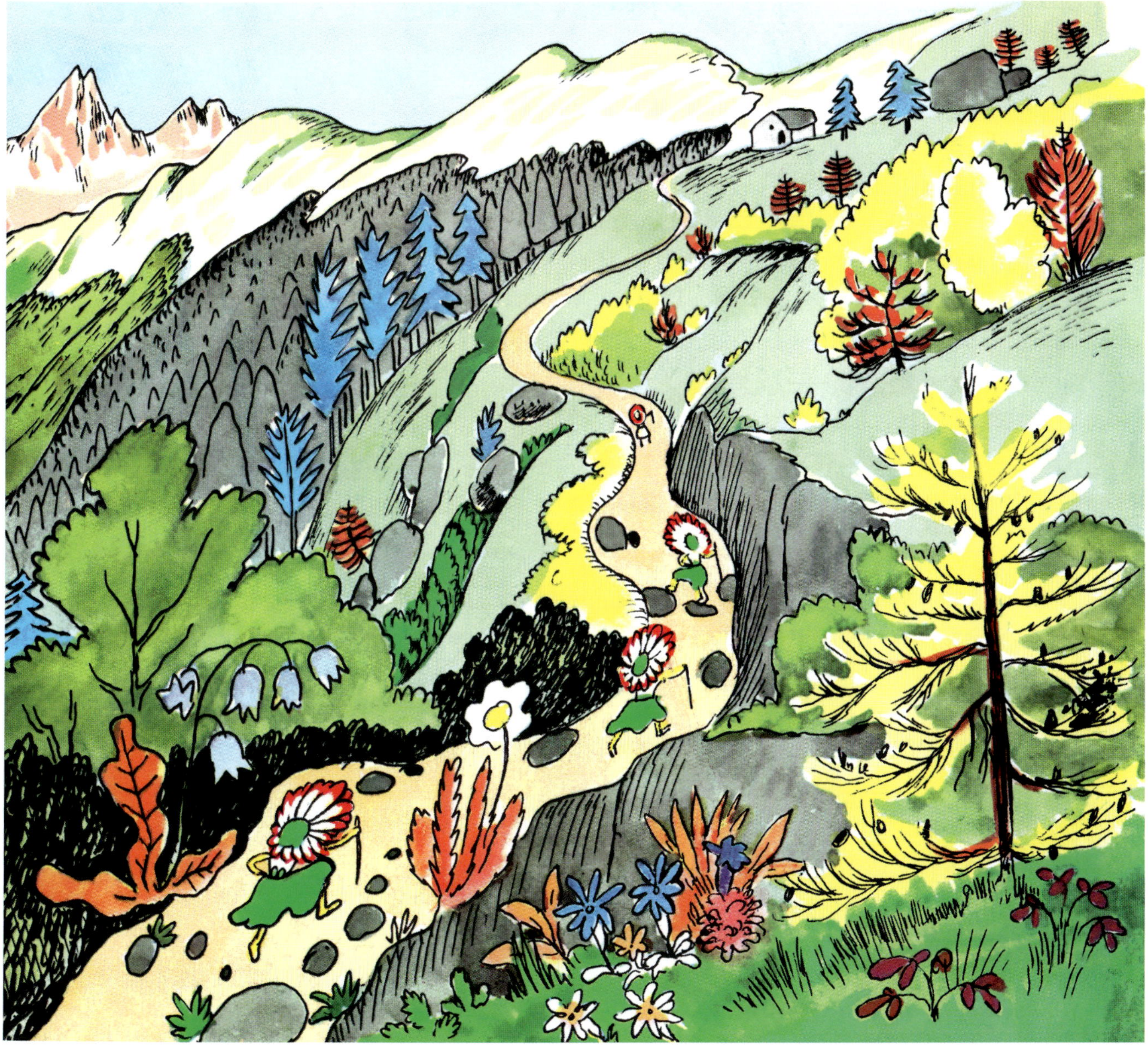

Enfin, elle arriva à un herbage magnifique. L'herbe était fine comme des cheveux. Il y avait une foule de fleurs, bleues, jaunes, rouges. Et cela sentait si bon, si fort, qu'elle se serait évanouie, sans le vent frais qui la ravigotait.

Au milieu de ce pâturage, paissant parmi ses frères, elle aperçut son cher mouton (elle le reconnut bien, car il avait une petite tache noire à l'oreille). Marguerite courut vers lui.

— Mouton, hé ! Mon cher mouton, ne me reconnais-tu pas ? Je suis la Marguerite qui t'a donné deux feuilles quand tu étais petit !

Le beau mouton était étonné et attendri.

— Je voulais te revoir. Mais, en voyageant, j'ai appris des choses terribles. On te tuera à la boucherie, pour te manger. C'est le bœuf qui m'a prévenue ! Sauve-toi, sauve-toi vite !

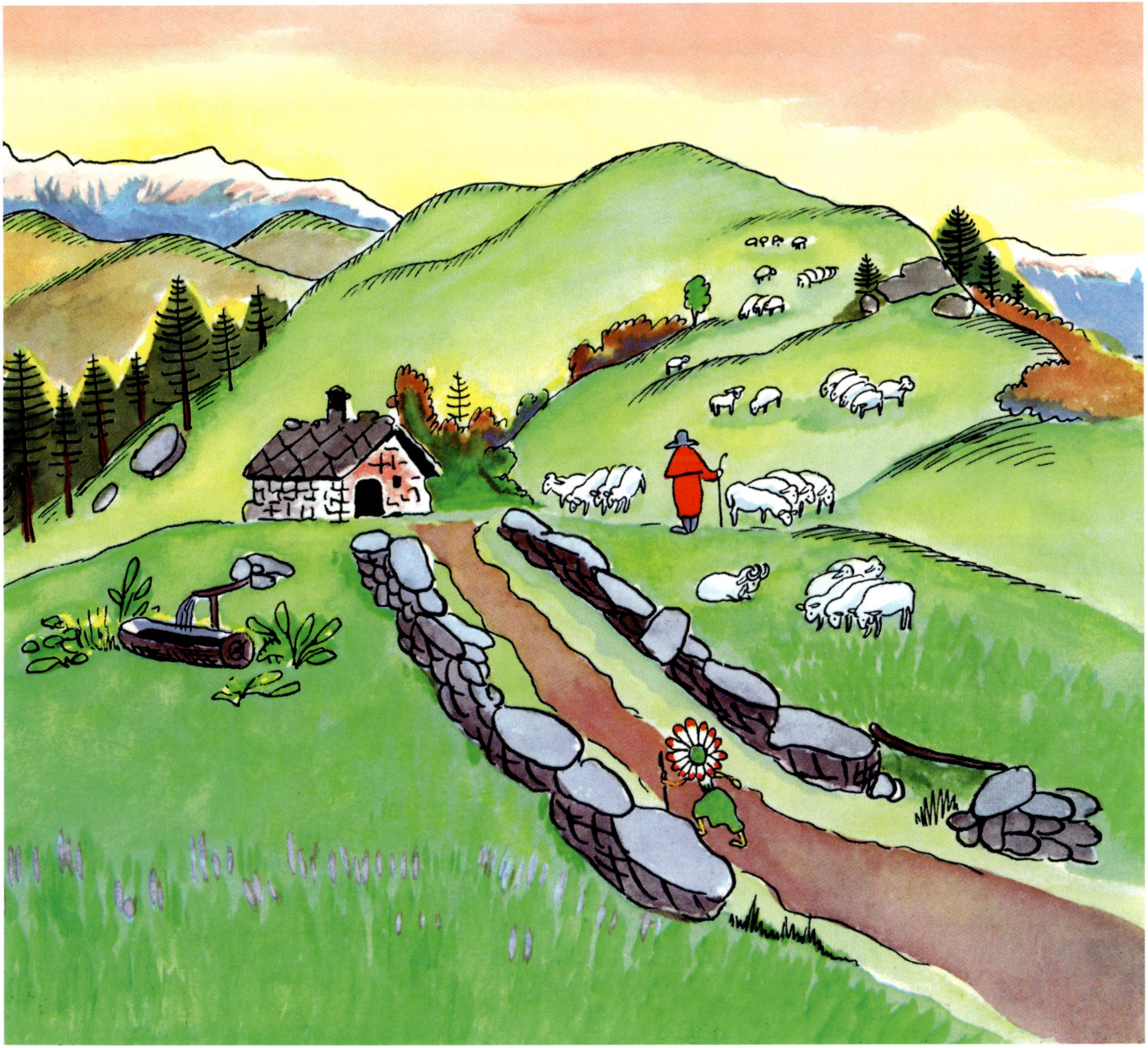

— Je ne puis le croire, dit le mouton, je n'ai fait de mal à personne !... Me sauver ! Je périrais de chagrin sans mes frères ! Autant partager leur sort !...

La nuit tombait.

— A demain, ma courageuse petite fleur, je dois rejoindre un peu plus loin mon troupeau...

La Marguerite s'étendit sur l'herbe douce. Elle aperçut le pré du ciel épanoui d'étoiles. Elle n'avait jamais vu de fleurs si brillantes et s'endormit en les regardant.

Le jour revint. La Marguerite tapota sa jupe de feuilles, déplia sa collerette, et se présenta à ses voisines de l'herbage.

Elle entendait tinter des clochettes, — ding, dong, dang, — et le troupeau s'éparpillait sur les pentes.

Mouton, bien éveillé, cherchait son amie. Enfin il la retrouva.

— Marguerite, j'ai une bonne nouvelle à t'apprendre, lui dit-il.

— Tu vas te sauver?...

— Regarde la belle clarine que le berger, ce matin, m'a mise au cou. Il m'a dit que grand-père Bélier était trop vieux maintenant pour conduire le troupeau et il m'a choisi pour le remplacer. Sais-tu que le bélier est le plus beau mouton du troupeau et qu'on ne le tue jamais?

— Quelle joie! Moi aussi, je vais te dire quelque chose : je m'installe ici pour toujours et j'élèverai sur l'alpage une nombreuse famille.

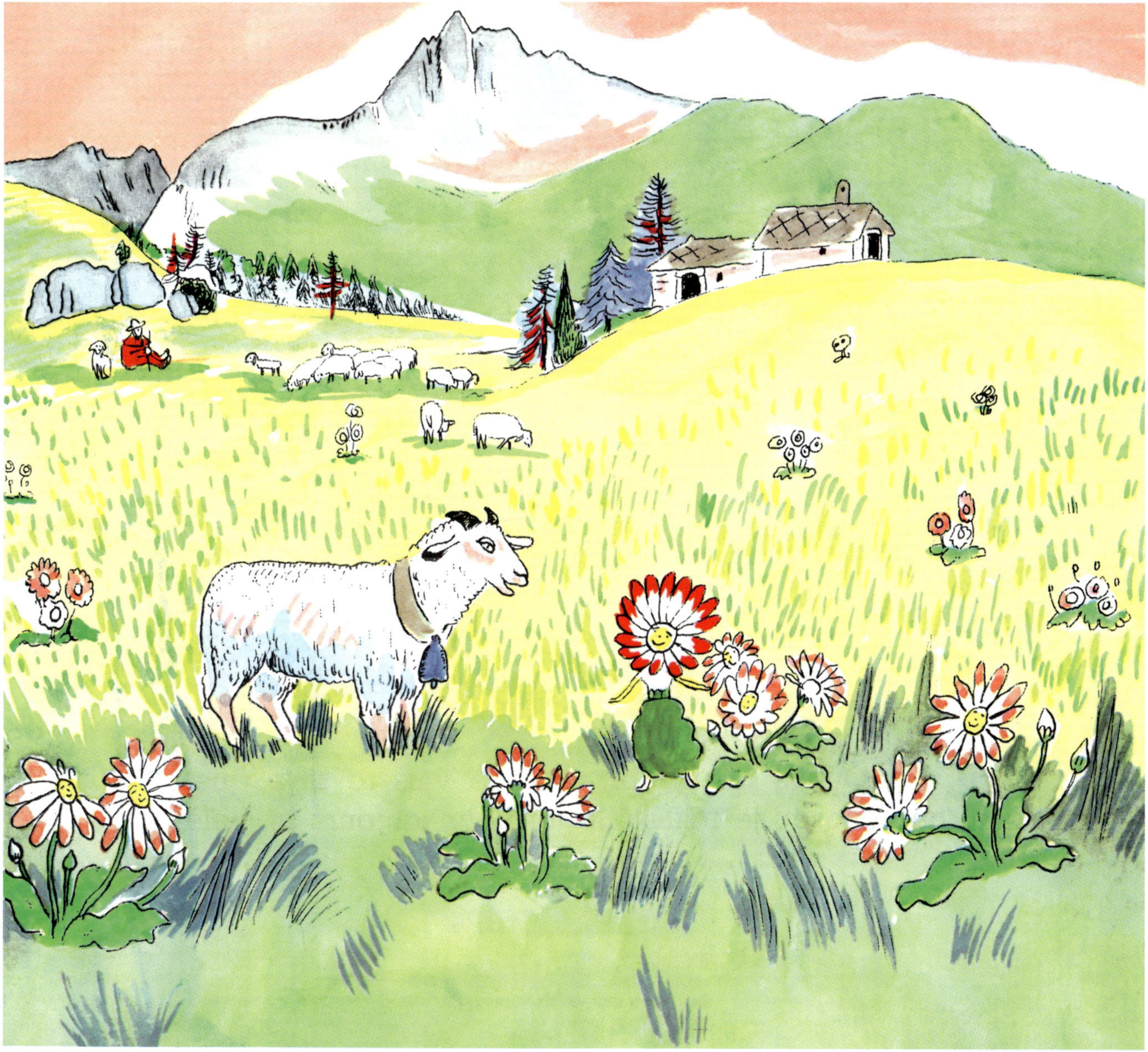

Et, quand arriva l'automne, on vit sur le pré des touffes et des touffes de marguerites qui serraient contre leur cœur des poignées de petites graines.

Le froid commença. Bientôt les moutons s'en retournèrent dans la plaine...

La neige vint recouvrir toutes les fleurs, toutes les plantes.

Les petites graines s'enfoncèrent bien profond dans la terre afin de préparer pour l'année prochaine un beau tapis pour les moutons.